우리는 반복된 경험을 통해
인과관계를 추론하지만,
이는 심리적 습관일 뿐이다.

· 데이비드 흄 *(David Hume)* ·

경험주의자

경험주의자

세상과 나를 새롭게 바라보다

윤슬

도서출판담다

경험이 신념을 빚어내고,
신념이 직관을 깨운다.
직관은 통찰로 이어지고,
통찰은 새로운 경험을 유도한다.

흐르는 물처럼
모든 것이 자연스럽다.

목차

사람은 경험에 비례해서가 아니라

경험을 수용할 수 있는 능력에 비례해서 현명해진다.

· 제임스 보즈웰

스펀지가 되고 싶다

어느 순간부터 '스펀지가 되고 싶다'는 생각을 수시로 했다. 말랑말랑하고 부드러운 촉감, 작은 구멍이 촘촘히 뚫린 표면, 물을 머금으면 묵직해지고, 손에 힘을 줘 짜내면 텅 빈 것처럼 가벼워지는 물질. 평생에 걸쳐 알아내야 할 게 있다면 어쩌면 여기에 답이 있을지도 모른다고 생각하면서 말이다.

스펀지는 다공성(多孔性) 물질이다. 구멍이 많은 스펀지는 물을 원하는 만큼 흡수할 수 있다. 동시에 언제든 원하는 만큼 비워 낼 수 있다. 담을 수 있는 만큼 담아내고, 덜고 싶은 만큼 덜어 내고, 비워진 공간만큼 새롭게 흡수하는 가능성을 가지고 있다. 머릿속으로 손에 힘을 줘 물을 짜내는 모습, 한 방울 또는 많은 양의 물이 한꺼번에 떨어지는 장면, 무심한 듯 혹은 상관없다는 듯 저돌적인 탄력성을 보이는 순간까지 스펀지를 상상하는 일은 소소한 즐거움이었다. 하지만 아주 가끔은 혼자만의 고민에 빠지기도 했다.

'너무 많은 것을 흡수하다가 오히려 내가 사라지는 건 아닐까?'

'아주 많은 누군가로 내 삶이 가득 차게 되는 건 아닐까?'

그럴 때마다 다시금 스펀지를 상상했다. 마음껏 흡수하는 동시에 언제든 짜낼 수 있는 능력과 새로움을 거부하지 않은 유연함을 지켜 나간다면, 아주 가끔 혼돈에 휩싸이기는 하겠지만 주저앉지는 않을 것 같았다. 나름의 질서를 유지하면서 적절히 정리하는 방식으로 많은 시간을 지켜 온 것처럼, 스스로 존재를 부정하는 일은 없을 것 같았다.

생각이 거기에 이르면서부터 '나는 경험주의자입니다'라고 말하기를 즐겼다. 과거를 드러내거나 현재 상황을 전하는 일, 내일을 얘기하는 일까지 혼돈을 두려워하지 않는 사람처럼 마음을 드러냈다.

머릿속에 떠오르는 생각이나 아이디어에 경험이라는 이름표를 붙여 용기 내어 행동으로 옮겼고, 인과성을 찾기 어려운 불안이나 두려움에 대해서는 두 눈을 감았다. 비워진 공간이 있어야 새로움을 채울 수 있다고 생각하며, 비록 아픈 경험을 하게 되더라도 어떠한 배움이 있을 거라는 믿음을 지키기 위해 노력했다.

멀리서 바다를 바라보는 것과 그 바다에 직접 발을 담그는 것은 완전히 다른 차원이다. 파도의 움직임이나 강도, 차가운 정도는 책 속의 문장이나 누군가의 이야기로 알아내기 어렵다. 촉각을 비롯한 모든 감각을 통해 스스로 느껴야만 진짜 경험, 진짜 배움이 생겨난다. 그렇게 나는 경험주의자가 되었다.

처음에는 이것저것 경험을 쌓는다는 생각이 강했다. 하지만 한참 시간이 흐른 후 나는 아주 중요한 사실을 깨달았다. 단순히 이것저것을 많이 한다는 것, 경험 삼아 해 본 게 많다는 것만으로는 진정한 경험주의자가 될 수 없다는 사실을 말이다. 이러한 깨달음은 영국 철학자 존 로크(John Locke)를 만나면서 더 명확해졌다. 로크는 '백지상태(Tabula Rasa)'라는 개념을 얘기하는데, 이른바 개인은 태어날 때 어떠한 기제나 관념을 가지지 않은 백지상태로 태어난다는 것이다. 그러면서 살아가는 동안 외부 세계에서 경험하는 활동이나 감각을 통해 지적 능력이 형성된다는 게 그의 주장이다.

그의 견해에 따르면 개인이 지닌 모든 지적 능력이나 지식은 '개인적인 경험'의 영향 아래에 있다. 하지만 그의 가르침은 여기에서 끝나지 않는다. 경험을 많이 하는 것을 넘어, 그 경험을 해석하고 성찰하는 과정에 따라 전혀 다른 결과를 낳을 수 있다는 가능성도 놓치지 않는다.

'원인 없는 결과는 없다'라는 말이 있다. 여러 의견이 있 겠지만, 어떤 일에 대해서든 인과성을 밝히고 세상과 자 신에게 일어난 사건을 이해하려는 시도라고 생각한다. 물 론 모든 사건에는 원인이 있을 거라는 암묵적 동의만 있 을 뿐, 이를 실제로 증명해 내는 일은 현실적으로 불가능 해 보인다.

그럼에도 지금껏 나는 인과성 측면에서 경험을 해석하고, 재구성하고, 새롭게 출발하는 시작점으로 삼아 왔다. 뒤 돌아보기보다는 하나하나 씻어 내는 기회로 삼기 위해 노 력했다.

이 책은 지금까지의 과정을 생각의 흐름에 맞춰 옮긴 잠언 집이다. 살면서 거듭 확인한 경험의 힘, 경험을 통해 성장 하고 변화한 부분, 경험이 신념이 되어 나만의 세계관을 형성하는 과정을 오랜 사색의 시간을 거쳐 정리했다. 조 금 더 나아가 신념이 직관으로 이어지고, 직관과 통찰로 나아간다는 개인적인 의견을 용기 내어 담았다.

동시에 경험이 지닌 태생적 한계와 이를 넘어설 가능성에 관한 언급을 빠뜨리지 않으려고 애썼다.

『경험주의자』의 핵심 메시지를 아주 간결하게 정리한다면 '경험을 존중하되, 경험을 절대시하지 않는 태도'가 될 것 같다. 여기까지 어떻게 왔는지 잘 아는 까닭에 똑같은 이유로 그 방향을 향해 계속 나아갈 생각이다.

부디 이 책이 독자들에게 가능성을 확인하는 차원을 넘어 그것이 지닌 의미를 살펴보고, 내적 성장의 잠재력을 발견하는 기회가 되기를 희망해 본다. 개인적인 경험이 축적한 신념과 직관이 무엇인지 되돌아보는 기회가 되기를 바란다. 무엇보다 경험을 스승으로 받아들이는 동시에 경험에 얽매이지 않는 진정한 경험주의자로 거듭나는 데 보탬이 되기를 소망해 본다.

어느 지점이든 좋다. 하나의 세계가 시작되는 지점이든, 하나의 세계를 닫는 지점이든, 두 세계가 만나는 지점이든 함께 서 있게 된다면 더없는 기쁨이 될 것 같다.

2025년 1월
윤슬

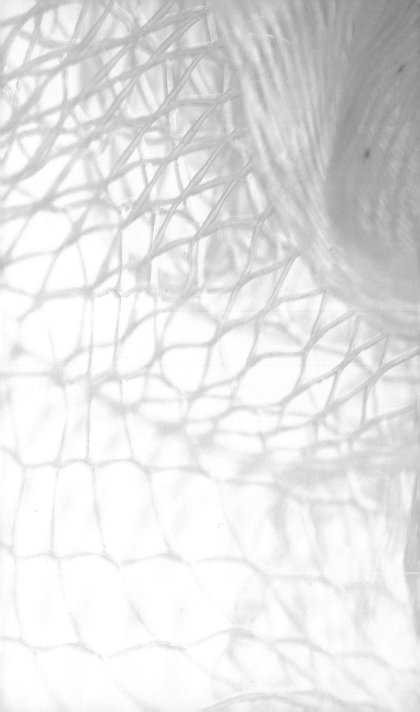

얼마나 많은 것을 흡수했는가?
얼마나 많은 것을 덜어 냈는가?

새로움은
또 얼마나 흡수했는가?

지금,
당신의 스펀지는 어떤 상태인가?

나는 내 발걸음을 이끌어 주는

유일한 등불을 알고 있다.

그것은 경험이라는 등불이다.

· 페트릭 헨리

1부

바위를 뚫는 것은
물의 힘이 아니라
바위를 두드리는 물의 횟수다

자신을 이해하기 위해서는
자기의 경험을 분석해 봐야 한다.
누군가를 이해하기 위해서는
그의 경험을 분석해 봐야 한다.

사람은 경험을 통해
인식의 범위를 결정하고
이성과 감정을 구축한다.

원인과 결과를 밝히는 작업은
개별적인 경험에 의미를 부여하고,
하나하나를 연결해
통합을 이루려는 시도다.

얼어붙은 호수 위를 걷는 발걸음에는
두려움이 가득하다.
하지만 한 걸음씩 내딛다 보면
어느 순간 물 위를 걷는 것처럼 자연스러워진다.

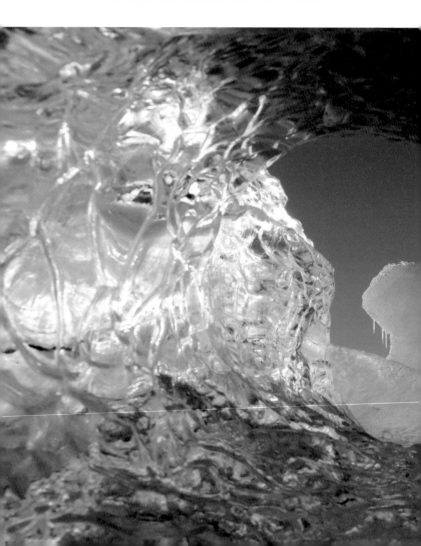

알지 못하는 세계로 나아가기 위해서는
두려움을 안고 몸을 움직이는 용기가 필요하다.
새로운 경험에는 용기가 필요하며,
용기는 첫걸음을 의미한다.

세상과 나를 새롭게 바라보다

경험의 가능성은
지나온 세계를
부정하지 않는 데 있고,

경험의 한계는
앞으로의 세계를
부정할 가능성에 있다.

새로운 경험은 언제나 불안을 품고 있다.
불안은 낯선 길에 대한 두려움이자
알지 못하는 세계로 들어섰음을 알리는 신호다.

불안을 느끼는 순간,
이미 배움은 시작되었다.

시간이 흐른 뒤,
그때는 보이지 않았던 진실을 마주할 때가 있다.
오래된 사진을 가만히 바라보고 있으면
수많은 감정과 생각이 떠오르는 것처럼 경험도 비슷하다.

순간적인 경험일지라도,
그림자는 순간을 뛰어넘는다.

시간은
좋은 경험을 좋지 않은 경험으로,
아픈 경험을 행복한 경험으로 만들지 못한다.

하지만 경험을 재해석하게 만들고,
있는 그대로 바라보게 도와준다.

시간은
경험의 연금술사다.

아는 만큼 보이고,
보이는 만큼 느낄 수 있다.

경험은
아는 것을 보게 하고,
보이는 것을
느낄 수 있게 도와준다.

세상과 나를 새롭게 바라보다

똑같은 길은 없다.
삶의 모든 순간은 유일하다.
비슷한 순간이 반복되는 것 같아도,
똑같은 날이
연속적으로 찾아오는 게 아니다.
익숙해 보이는 상황이라도
경계가 존재하고,
서로 다른 층위를 이루고 있다.

경험주의자가 되어야 한다.

반복적인 일상에서
보이지 않는 곳에
숨어 있는 보물을 발견하려는
탐험가가 되어야 한다.

경험은 세상을 이해하는
자신만의 유일한 원칙을 이룬다.

실패를 처음 마주할 때는
무거운 돌덩이를 받아 든 기분이 든다.
하지만 먼 훗날 되돌아보면
실패가 배움이라는 보석으로
변해 있을 때가 있다.

실패한 경험을
인정하는 법을 배워야 한다.

실패한 경험이 가져올
보석을 믿어야 한다.

넘어지지 않기 위해 노력하기보다
넘어질 때 일어서는 법을 배우려는 태도는
삶과 죽음, 인생을 통틀어
가장 중요한 자세다.

바닷가의 작은 조개껍데기를 귀에 대고 있으면
바다의 이야기가 들려온다.
조개껍데기를 들여다보면 바다의 속살이 보인다.

살아가는 것도 다르지 않다.
세상은 큰 사건이 아닌 작은 일로 가득 차 있다.

작은 경험 하나가
삶의 전부를 알려 주지는 않지만,
다루고자 하는 내용은
본질을 벗어나지 않는다.

위대함은
작은 순간 속에 숨겨져 있다.

작은 경험 하나하나를
귀하게 다루는 일은
결과적으로
삶을
귀하게 다루는 일이다.

작은 경험은 나침반이다.

목적지를 알려 주지는 않지만,

목적을 이룰 수 있게 도와준다.

경험은 인과관계를 밝히기도 전에
우리를 변화시킨다.
가치를 따져보기 전에
삶에 스며든다.

뜨거운 물에 손을 댔을 때
무의식적으로 손을 떼는 것처럼,
경험은 순간적이고 본능적이며
능동적이다.

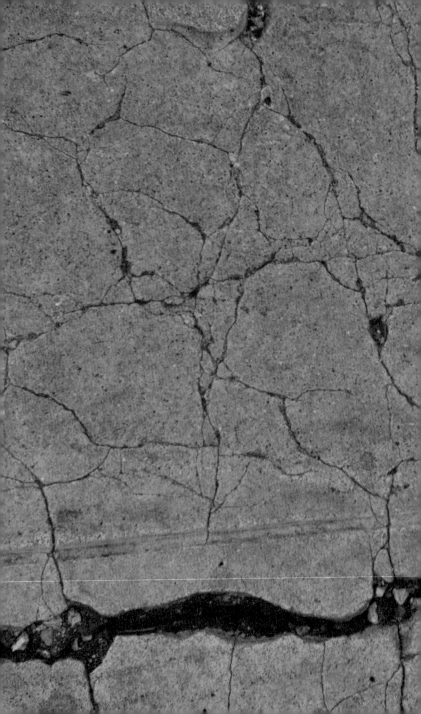

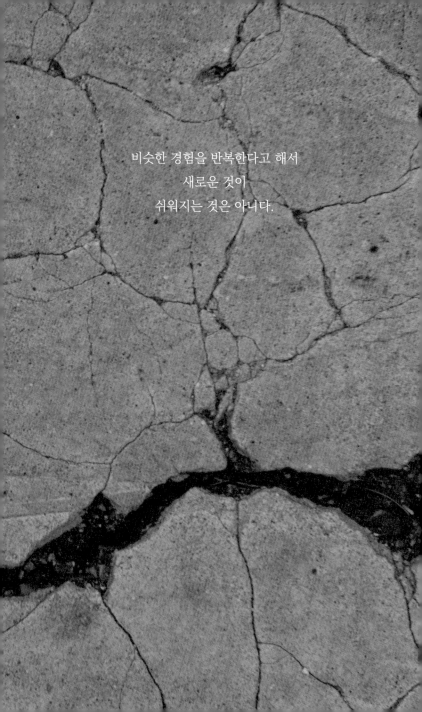

비슷한 경험을 반복한다고 해서
새로운 것이
쉬워지는 것은 아니다.

성장은 낯선 곳에서 시작된다.
낯섦은 불편하지만,
불편 속에 배움이 있다.
낯선 도시의 골목을 헤매다
마음에 드는 작은 카페를 발견하는 것처럼,
낯선 경험은
불편함과 신선한 자극을 동시에 안겨 준다.
예상하지 못한 경험을 허락할 때
'앎'이 지혜가 된다.

가던 길을 멈추고 바람이 나뭇가지에 스치는 소리를 들어 보라. 달맞이꽃들의 수다에 참여해 우쭐거리며 어린 시절의 이야기를 풀어 보라. 때로는 아무것도 하지 않는 경험을 선택하라. 멈추는 것도 필요하고 휴식도 필요하다. 물을 흡수하듯 내면을 채우는 경험도 필요하지만, 물기를 짜내듯 여백을 만드는 경험도 필요하다.

경험은
대담한 목표를 향한 긴 여정일 수 있지만,
아주 잠깐 자신이 매달리고 싶은 모습
그 자체인 경우도 있다.

무언가를 하고 있다는 행위만으로
위로가 되는 순간도 있다.

지도에서 산의 높이를 확인하는 것과
산을 직접 오르는 것은 다르다.
머리로 이해하는 것과
몸과 마음으로 느끼는 것은 다르다.

숨이 막힐 거라고 생각하는 것과
숨이 턱 막히는 것은
완전히 다른, 두 개의 세계다.

아는 것과 느끼는 것은 다르다.

아는 것은 머리에 남지만,
오감을 통해 느낀 것은
온몸에 흔적을 남긴다.

흔적은
의미를 추구한다.

누군가의 경험이
우리의 삶을 바꿔 주지 않는다.
누군가의 경험은 반쪽이다.

나머지 반쪽은
스스로 채워야 한다.

두려움은 굳게 닫힌 문을 마주하는 것과 같다. 문 너머에 무엇이 있는지 문을 열기 전까지는 알 수 없다. 어둠이 기다리고 있을지, 환한 빛이 나를 맞이할지 알 수 없다. 문을 여는 작은 경험을 시도해야만 사라진다. 서서히 문이 열리는 순간 두려움도 점점 옅어진다.

아주 사소한 경험이지만,
때로는 세계와 세계를 연결하는 열쇠가 될 수 있다.

의미 없이 흘러가는 날은
흔적을 남기지 않는다.
마지막 몇 장만 남은 책을
덮어 버리는 것과 같다.

이미 결말을 알고 있으며,
더 이상 궁금할 게 없다는 모습이다.
새로움도, 설렘도 없다.

그 행위가
자신을 돌보는 방법일 수 있지만,
어느 순간 반짝거리며 빛날 순간을
포기한다는 의미도 된다.

일상에 의미를 부여하는 사람들에게는 특별함이 있다. 지루해 보이는 반복된 일과 속에서도 끊임없이 질문을 던지고, 그 속에 숨겨진 의미를 밝히려고 애쓴다. 모든 가능성을 열어 놓고 호기심을 유지한다.

그 여정은 외롭지만, 열매는 달콤하다.

일상은 아름답지만 지루하고
반복적으로 느껴질 수 있다.

그러다 앞뒤가 맞지 않는 일이 벌어지거나
고통스러운 상실을 경험하는 순간,
일상은 더 이상 아름답지도
지루하지도 반복적이지도 않게 된다.

굳이 아픔을 겪거나
상실을 경험한 이후
깨달음을 얻을 필요가 있을까.

경험 없이 받아들이는 것도 있어야 한다.

경험이 많다는 것은
기쁜 마음에 함께 춤을 춘 날도 많지만,
속상한 마음에
밤새 혼자 눈물을 흘린 날도 많았다는 의미다.

세상과 나를 새롭게 바라보다

춤을 추는 사람은
넘어지는 그 순간에도
춤에 대해 생각한다.

우리는 경험을 통해 배우고, 경험을 통해 성장하고, 경험을 통해 좌절을 맛본다. 경험은 인생 학교에서 준비한 개별 과제다. 학점으로 산출하지 않으며 제출 기한도 없다. 마지막 순간까지 활용하는 게 핵심이다.

한 번도 실패하지 않았다는 것은
한 번도 도전하지 않았다는 의미도 된다.
형식을 파괴한 적도 없으며,
새로운 세계로 발을 디딘 적이 없다는 의미다.

기억은 물에 비친 달과 같다. 완벽한 달의 모습이라고 믿고 싶겠지만, 어떤 부분이 얼마만큼 왜곡되었는지 알기 어렵다. 경험도 비슷하다. 완벽하게 기억한다고 믿고 싶겠지만, 무엇이 얼마만큼 왜곡되고 일그러졌는지 정확하게 아는 사람은 없다.

기억이, 경험이 왜곡되었을 수 있다.
그 가능성을 인정할 때,
진실은 더 가까워진다.

강렬한 경험은
강렬한 기억을 남기고,
강렬한 기억은
강렬한 감정을 남긴다.

기억은 진실이 아니라
마음을 반영한다.

애매한 장면은
원하는 만큼 덧칠하고,
사소한 불씨는
거대한 불길로 만든다.

기억은 경험을 부추긴다.

기억은 과거의 경험을
오늘의 관점으로 재구성한다.
그리고
지금 시작하려는 경험은
그 맥락에서 출발한다.

다른 사람의 경험은 내가 한 번도 걸어 보지 않은 길고 긴 이야기다. 출발점이 다르고, 방향이 다르며, 선택과 행동이 다르다. 그들의 이야기를 경청할 기회를 얻는 것은 행운이다. 발이 닿지 않아 가 보지 못한 곳, 마음이 허락하지 않아 만나지 못한 길을 열어 주는 스승이다.

경험은 자기만의 인생 설명서다.

똑같은 책이라도 아침에 읽을 때와 점심 또는 저녁에 읽을 때가 다르다. 똑같아 보이는 풍경도 어느 방향에서 바라보느냐에 따라 완전히 달라진다. '그게 그거야'라는 생각으로 바라보면 새로울 게 없다. 하지만 아이가 처음 세상을 만난 것처럼 바라보면, 모든 게 새롭다.

반복적인 날을 걱정할 게 아니라, 반복적인 날의 연속이라고 여기는 마음을 염려해야 한다.

누군가에게는 세계 여행이 여행이지만,
또 다른 누군가에게는
뒷산을 거니는 게 여행이다.

중요한 것은 크기가 아니다.
크기는 상대적이며 주관적이다.
가치는 크기와 무관하다.
무엇을 했느냐보다
무엇을 남겼느냐가 중요하다.

어떤 경험을 했는지도 중요하지만,
어떤 흔적을 남겼는지가
더 중요하다.

필연이라는 것에서
우연의 모습을 수시로 목격한다.

우연은 예측하기 어렵다.
예측하기 어렵기에 소홀하기 쉽다.
우연을 허락해야 한다.

우연이 만들어 낼
필연의 가능성을 허락해야 한다.

세계 지도를 펼쳐 놓고 원하는 곳을 향해 하나씩 화살표를 그려 나가는 일은 상상만으로도 즐겁다. 하지만 그것은 머릿속에만 존재하는 지도 속으로 걸어가는 길이다. 경험은 지도를 벗어나 진짜 길을 만드는 행위다. 지도 밖으로 걸어 나와야 한다. 경험을 통해 지식을 지혜로, 지혜를 진리로 마주해야 한다.

인생이 노트라면, 경험은 연필이다.
노트에 연필로 글을 써 내려가는 순간
누구든 작가가 된다.

저마다의 경험,
저마다의 인생,
자마다의 작품.

경험해 보지 않은 사람의 이야기가
때로는 더 실감 나게 들린다.

그들의 걱정과 우려가 수많은 추측에서 나왔다 해도,
진심 가득한 마음은 감동적이다.

하지만 감동적인 이야기의 배경이
근거 없는 불확실한 상상에서 나온 것이라면
관점을 바꿔야 한다.

하나하나가 어떤 연관성을 가지고
삶과 연결되어 있는지
아는 사람은 없다.

어떤 경험의 마무리는
삶의 마지막에 이르러서야
완성되기도 한다.

무조건 경험해 봐야 한다는 말도,
무조건 경험하지 않는 게 더 낫다는 말도
경계해야 한다.

경험은
비극도 희극도 아니다.

누군가의 말을 따르는 게 아니라,
자신의 마음을 따라야 한다.

새로운 경험은
익숙한 풍경을 낯선 풍경으로 만드는 과정이며,
인식의 범위를 넓히는 행위다.
익숙한 것을 벗어날 때 성장이 이뤄진다.

원인과 결과를 설명하며
질서를 추구하더라도
때로는 과감하게
담장을 넘어 경계를 넓혀야 한다.

어릴 때 들었던, 마당에 떨어지는 빗방울 소리를
어디선가 다시 듣게 되면
순식간에 그날의 감정이 되살아난다.
경험은 사라지는 게 아니다.
감각으로 축적된다.

경험은
시간 속에서 흐릿해지지만,
감각으로 남아 시간을 거스른다.

경험이 과거라면
감각은 현재다.
내일이 시작된다면,
둘 사이 어느 지점이 될 것이다.

물방울이 바위를 끊임없이 두드린다.
처음에는 흔적이 보이지 않는다.
하지만 시간이 흐르고 나면,
바위에 물길이 생긴다.

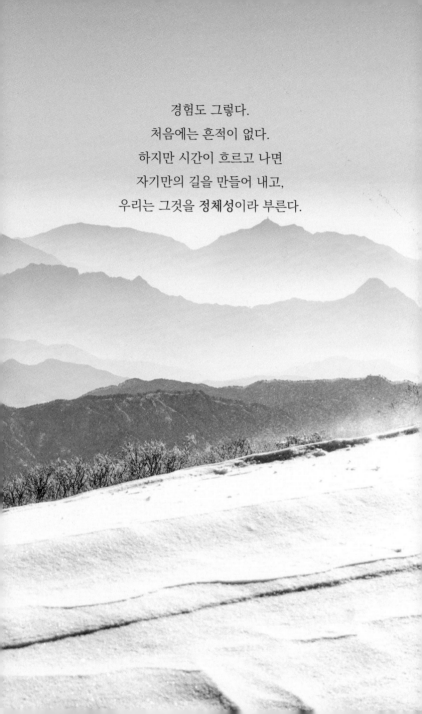

경험도 그렇다.
처음에는 흔적이 없다.
하지만 시간이 흐르고 나면
자기만의 길을 만들어 내고,
우리는 그것을 정체성이라 부른다.

신념은 아직 보지 못한 것을 믿는 것이며
그 신념에 대한 보상은
믿는 것을 보게 된다는 것이다.
· 성 아우구스티누스

2부

바람에게도 길이 있다

사소한 경험이
결정적인 역할을 할 때가 있다.

작은 깨달음 하나가
굳게 닫혀 있는 문을 여는
열쇠가 되기도 한다.

경험의 가치는
그 순간에만 존재하지 않는다.

깨달음은
하나의 진리에만 머무르지 않는다.

경험하기를 주저하지 않는 사람은
질문하기를 주저하지 않는다.
그들은 인정한다.
질문이 차원을 만들어 내고
차원이 새로운 경험을 이끌어 낸다는 것을.

성공한 경험만 가치 있는 게 아니다.
실패한 경험에서
더 많은 교훈을 얻을 수 있다.
성공과 실패는
누군가의 판단으로 결정 나는 게 아니다.

두 개의 얼굴을 가진 거울처럼
어느 쪽에서 바라보느냐,
무엇을 배울 것이냐에 따라
완전히 다른 가치를 품는다.

원석의 거친 표면에서 빛나는 보석을 상상하는 일은 쉽지 않다. 삶도 그러하다. 첫걸음을 내딛는 상황에서 빛나는 미래를 상상하는 건 어려운 일이다.

나이 들수록 과거의 경험에 갇히지 않아야 한다. 과거의 경험을 의지하기 시작하면, 새로움이 부담스럽게 다가온다. 의존하는 게 아니라고 얘기하는 순간조차 과거의 경험을 근거로 삼는 것일 수 있다.

판단하고 평가하기 시작하면
한 걸음도 나아가기 어렵다.

낡은 것과
오래된 것은 다르다.

낡은 것을 내려놓아야
새로운 것이 들어온다.

사람들은 자신이 경험한 것을
전부라고 믿는 경향이 있다.

자신이 경험한 것을
진리라고 주장하기도 한다.

코끼리의 다리를 만진 장님과
코끼리의 귀를 만진 장님이
서로 자신이 옳다고 우기면서
오류를 범하듯,

자신의 경험이
유일한 진리라는 마음을
경계해야 한다.

언제든 틀릴 수 있다.

경험이
모든 것을 설명하지는 않는다.

경험해 보지 않은 사람과
경험해 본 사람이 있을 뿐이다.
경험은 인생을 완성해 가는
퍼즐 한 조각에 불과하다.

경험이
인생 자체가 되는 일은 없다.

경험이 당신에게 한 일은?
경험은 지혜를 주었고,
성장할 수 있도록 도와주었습니다.

똑같은 경험을 반복하고 있다면?
익숙한 일을 더 잘하게 되겠지요.

용기 내어 새로운 경험을 시작한다면?
새로운 지혜와
새로운 가능성을 만들어 주겠지요.

등잔 밑이 어둡다.

경험은 그 자체로 의미를 지니지만, 새로운 가능성을 막을 확률도 함께 존재한다. 개인적인 경험이 오히려 편견을 만들고, 사회적 편견의 도구가 될 수 있다. 믿고 의지할 경험인 것은 분명하지만, 기억해야 한다.

경험은 인격이 없다.

분석적 사고는 경험을 확장시킨다.

하나의 행위로 멈추지 않고,
경험을 통해 얻은 것이 무엇인지
의미를 갖도록 도와준다.
왜곡해서 받아들일 확률도 줄여 준다.
실패로 기록될 경험을
배움의 장이나 성장의 기회로
재평가하게 도와준다.

분석적 사고는
경험이 하나의 세계로 거듭나도록
도와준다.

경험을 통해 축적한 감각이 왜곡될 수도 있다.

외부 상황에 의해서든, 내적 갈등에 의해서든 오류를 범할 수 있다. 감각의 왜곡과 오류는 세상이나 누군가를 이해하는 일에 어려움을 가져온다. 감각은 객관적이지도 이성적이지도 않다. 감각은 지극히 개인적인 맥락에 의해 현실적으로 반응한다.

직접 경험하지 않은 것으로
경계를 넘는 일은 어렵다.

경계를 넘으려면
다양한 경험을 통해 완성한 신념이 필요하다.

불안한 마음으로 어렵게 나선 길이지만, 발걸음이 쌓이기 시작하면 확신이 생겨난다. 확신이 쌓이면 신념이 생겨난다. 바람이 불어오기 시작하면, 촛불이 꺼지지 않도록 두 손으로 바람을 막아 낸다. 신념은 바람을 막아 내는 두 손이다.

신념은 물러서지 않으려는 마음을 지켜 내는 동시에 인생에 대한 낭만을 유지하도록 도와준다.

신념은 반복 속에서 거듭난다.

반복되는 경험은 믿고 싶은 것에 대한 가능성을 높이고,
신념을 굳게 붙들 수 있도록 도와준다. 다양한 경험을
한 사람일수록 복잡한 문제를 단순하게 해결한다. 많은
경험을 통해 형성된 신념이 의사결정을 위한 기준 역할
을 하기 때문이다.

신념은 변화를 허용해야 한다.

나무가 자연의 흐름을 거부하지 않듯,
신념도 삶의 흐름을 거부하지 않아야 한다.
경험이 재해석될 가능성이 있는 것처럼,
신념도 재검토되어야 한다.

경험이나 신념은
정답이 아니라
길잡이별이 되어야 한다.

삶은 단단한 신념을 고집하지 않는다.
삶은 단단한 진리를 고집하지 않는다.
새로운 경험은 오래된 신념을 흔들고,
새로운 경험은 오래된 진리를 흔든다.

신념은 기존의 신념과
일치하는 경험을 선호하는 경향이 있다.

신념은 경험을 검증한다.
직관은 신념을 점검한다.

신념이 삶의 방향을 밝힌다면,
직관은 그 길을 향해 나아가는 걸음이다.

신념은 경험을 통해
생겨나고, 강화된다.

직관은 그렇게 만들어진 신념을
본능적으로 뒤따른다.

직관은 신념 위에 존재한다. 직관은 잘 단련된 감각적인
도구지만, 신념이 없으면 바닷가의 모래성과 같다. 깊은
사색과 성찰을 통한 신념이 든든한 배경이 되어 줄 때, 직
관은 날개를 달고 하늘을 날아오른다.

경험은 직관을 단단하게 만들어 주는 토양이고, 직관은
삶을 감각적으로 살아가도록 도와준다. 경험과 직관은 상
호협력적이며 보완적이다.

지금 우리가 품고 있는 것은
지나온 시간 동안 걸어온 길에서 피어난
신념이고 직관이다.

새로운 신념과 직관을 원한다면
낯선 길에 들어서야 한다.
아직 만나지 못한 길 위에서
새로운 동맹 관계를 형성해야 한다.

다른 사람이 지금 이곳에 서기 위해 어떤 길을 걸어왔으며
어떤 경험을 했는지 알 수 없다. 하지만 그의 이야기를
경청하고 마음을 헤아리기 위해 노력하면, 조금은 헤아
릴 수 있다.

어떤 풍경을 지나왔는지,
왜 그림자가 보이지 않는지.

상황이 어려울수록,
문제가 복잡할수록
고요한 시간을 가져야 한다.

잘 다듬어진 직관이
또렷한 목소리를 낼 수 있도록
힘을 실어 줘야 한다.

148 세상과 나를 새롭게 바라보다

'이렇게 해야만 한다'라는
고정관념이나 선입견은
직관의 범위를
제한할 뿐 아니라,
직관 자체를 왜곡시킬 수 있다.

많은 사람이 걷기 때문에
걱정하지 않는다.
많은 사람이 걷기 때문에
살펴보지 않는다.
많은 사람이 걷기 때문에
의심하지 않는다.
많은 사람이 걷기 때문에
질문하지 않는다.

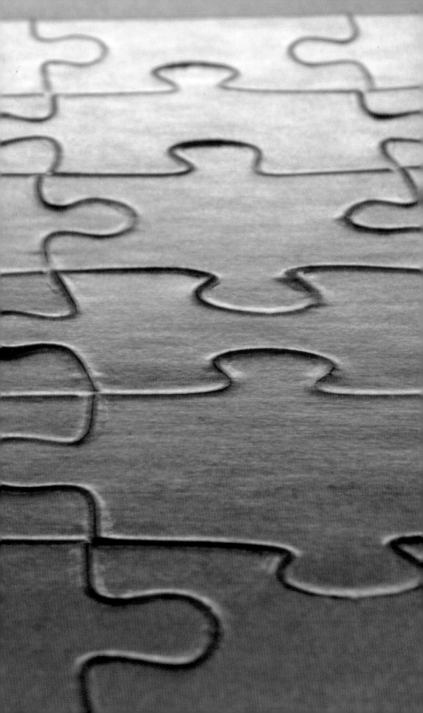

직관은
생각하고, 선택하고,
행동하는 과정에서 성장한다.
직관도 반복을 통해 성장한다.

수시로 생각하고,
때때로 선택하고,
이따금 행동하자.

직관을 신뢰하더라도
근거와 결과에
관심을 기울여야 한다.

빈약한 직관은 위태롭다.

신념과 직관이 충돌할 수 있다.
신념이 직관을 가로막을 수 있다.
그럴 때 우리는 되물어야 한다.

.

.

.

"무엇이 더 진실에 가까운가?"

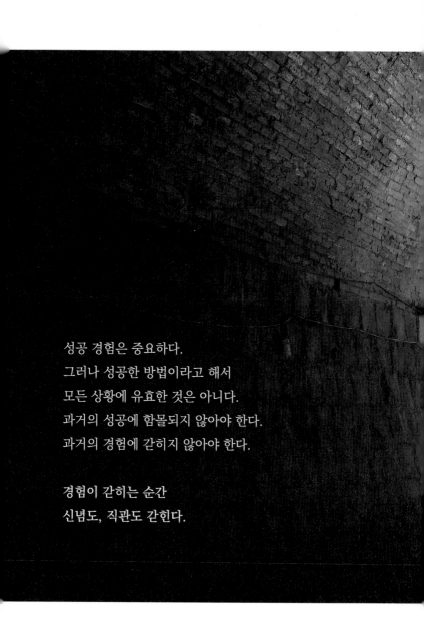

성공 경험은 중요하다.
그러나 성공한 방법이라고 해서
모든 상황에 유효한 것은 아니다.
과거의 성공에 함몰되지 않아야 한다.
과거의 경험에 갇히지 않아야 한다.

경험이 갇히는 순간
신념도, 직관도 갇힌다.

직관을 키우는 두 가지.

불확실한 상황에서도
선택하고 행동으로 옮기기.

실패한 직관이더라도
배울 점 찾아보기.

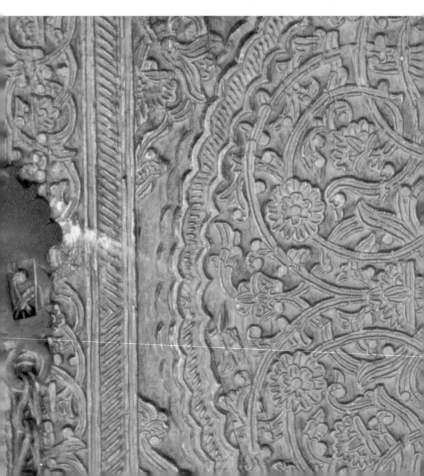

경험은
확신을 품고 자라나고,
확신은 신념을 탄생시킨다.

신념은 직관으로 거듭나
어둠을 밝히고,
직관은 통찰로 이어져
극복할 것을 극복하고
감당할 것을 감당한다.

통찰은 형태를 고집하지 않는다.

자기만의 궤도를 유지하며
저마다의 궤도를
경이롭게 바라볼 뿐이다.

경험이 신념을 빚어내고,
신념이 직관을 깨운다.
직관은 통찰로 이어지고,
통찰은 새로운 경험을 유도한다.

흐르는 물처럼
모든 것이 자연스럽다.

새로운 경험을 두려워하지 말자.
새로운 신념을 허락하고,
새로운 직관을 기대하며,
새로운 통찰을 신뢰하자.

경험, 신념, 직관, 통찰은
삶의 질서이자
자연의 질서다.

시작하라. 다시 또 시작하라.

모든 것을 한 입씩 물어뜯어 보라.

또 가끔 도보 여행을 떠나라.

자신에게 휘파람 부는 법을 가르쳐라.

너 자신의 이야기를 듣고 싶어 할 것이다.

그 이야기를 만들어라.

· 엘렌 코트

영감을 주는 사람

우리는 경험하기 위해 태어났다고 해도 과언이 아니다. 하지만 경험은 개별적이면서도 보편적이다. 같은 시간과 공간, 같은 관계와 역할이 주어지더라도 경험의 본질은 각자 다르다. 저마다의 인식은 자신만의 색깔을 만들어 내며, 그 색은 고유한 형태로 개인적인 흔적을 남긴다. 똑같은 환경, 똑같은 시간을 살더라도 경험의 방식과 깨달음의 깊이는 모두 다르다.

경험은 우리를 성장하게도 하고, 때로는 멈춰 서게도 한다. 경험을 통해 나아가기 위해서는 스스로 되돌아봐야 한다. 어떤 경험을 했는지, 어떤 경험이 신념 및 직관과 연결되었는지, 그 모든 것이 무엇을 가리키고 있는지, 지금 어떤 길 위에 서 있는지 끊임없이 성찰해야 한다. 더불어 과거의 성공에 머물지 않고 새로운 경험을 향해 나아갈 수 있어야 한다. 그래야만 진정으로 '살아 숨 쉬는 것'이 된다.

경험주의자가 되겠다고 결심한 후, 나는 점점 더 스펀지 같은 사람이 되고 싶다는 소망을 품게 되었다. 스펀지 같은 사람은 단순히 많은 경험을 축적한 사람이 아니다. 다양한 경험 속에서 끊임없이 방향성을 성찰하고, 경험을 신념으로, 신념을 직관으로 전환하는 사람이다. 스펀지는 물을 흡수한 채 축축한 상태로 머무르지 않는다. 물기를 짜내 공간을 만들고, 다시 새로운 물을 흡수할 준비를 한다. 그러한 방식으로 낯선 상황에 나를 던지는 경험을 내면화하면서 세상을 향해 나아가는 여정을 이어 나가고 있다. 물론 그 과정에서 얻은 깨달음이나 신념을 다른 이에게 강요하지 않고자 노력하는 일에도 마음을 다하고 있다. 왜냐하면 경험은 개인의 것이며, 그것을 받아들이고 해석하는 과정은 각자의 몫이기 때문이다.

경험주의자로 살아가는 동안 실패와 좌절이 적지 않았다. 그러나 그 모든 시간을 통해 나 자신을 더 깊이 이해하게 되었고, 한결 깊고 부드러운 시선으로 세상과 타인을 마주하게 되었다. 내가 걸어온 길이 유일한 정답이라고 여기지 않는다. 하지만 경험주의자이기를 자처하며 스펀지 같은 사람이 되기 위해 애쓴 흔적이 나만의 질서와 삶의 의미를 밝히는 데 결정적인 역할을 한 것은 분명하다. 그 모습이 누군가에게 작은 영감이 될 수 있으면 좋겠다는 욕심을 부려 본다.

인생의 목적은 자신을 찾는 게 아니다.

인생의 목적은 자신을 만드는 데 있다.

· 조지 버나드 쇼

부록

경험 지도
· 나의 삶을 디자인하다 ·

삶은 끝없이 이어지는 경험의 집합입니다. 그러나 바쁜 일상에 지친 우리는 그 경험이 우리에게 남긴 의미를 충분히 음미하지 못하는 경우가 많습니다.

우리의 삶을 구성하는 수많은 경험의 조각들은 어떤 모습일까요? 그 경험은 우리를 어떻게 변화시켰으며, 지금 우리에게 어떤 메시지를 전달하고 있을까요? 그리고 지금 그 길 위에서 우리는 어떤 방향을 바라보고 있을까요? 이런 질문의 연장선에서, 지금까지의 경험과 현재의 모습을 점검하여 앞으로의 삶을 새로운 시각으로 바라보는 여정을 제안하려 합니다.

경험은 단순히 과거가 아닙니다.

경험은 알지 못하는 내일을 밝혀주는 가장 명확하고 의미심장한 메시지입니다. 때로는 경험의 무게에 짓눌리거나, 실패와 아픔 속에 갇힐 때도 있지만, 본질적으로 경험은 개인적 성장을 위한 소중한 자산입니다. 지나온 경험을 정리하는 데 그치지 않고, 그 안에 담긴 흔적과 메시지를 발견하는 시간이 되었으면 좋겠습니다. 스펀지가 물을 흡수하고, 덜어내고, 새로움을 받아들이는 것처럼, 주도성을 발휘하여 경험을 흡수하고 정리하여 비워냄으로써 새로운 가능성을 마주하는 시간으로 거듭났으면 좋겠습니다.

경험은 신념을 만들고, 신념은 직관을 형성하며, 직관은 새로운 통찰로 이어집니다. 그리고 그 통찰은 다시금 우리를 새로운 경험으로 이끄는 원동력이 됩니다. 모든 순간이 흩어진 조각처럼 보일지라도, 결국 자신만의 독창적이고 의미 있는 스토리를 완성하는 재료라고 생각합니다. 경험의 본질을 탐구하고 통찰로 연결해 삶의 다음 페이지를 새롭게 디자인해 보세요.

당신의 이야기는 아직 완성되지 않았습니다.

Part 1

과거, 나를 만든 경험들

지나온 과거를 돌아보며,
나를 성장시킨 순간들을
발견해 보세요.

나의 경험 (타임 라인)

	나이	경험	생각/감정
예시	19살	고등학교 졸업	설렘,두려움
	23살	첫 직장	좌절,걱정,불안

Q. 내가 기억하는 가장 강렬한 경험은 무엇인가요?

(최대한 자세하게, 구체적으로 적어보세요)

Q. 과거에 실패라고 생각했던 경험이 나에게 준
   긍정적인 영향(깨달음)은 무엇인가요?

Part 2

현재, 내가 하고 있는 경험들

나를 움직이는 힘과
나를 멈추게 하는 요인(이유, 원인)을
살펴보세요.

경험 관찰하기

경험	카테고리·영역	생각·감정
예시 독서 · 글쓰기	일상, 목표	보람, 즐거움
걷기 운동	건강, 도전	자신감, 노력

Q. 현재 내 삶에서 가장 중요한 가치는 무엇인가요?

(최대한 자세하게, 구체적으로 적어보세요)

Q. 지금 나의 삶에서 비워내야 할 불필요한
경험(상황), 관계, 또는 감정은 무엇인가요?

Part 3

미래, 내가 만들어갈 경험들

과거와 현재를 바탕으로,
앞으로의 삶을 설계하고
디자인하세요.

경험해 보고 싶은 것들

경험	카테고리·영역	생각·감정
예시　책 쓰기	도전.목표	성취감. 자존감
봉사 활동	일상.관계	감사. 따듯함

Q. 나의 삶에서 꼭 이루고 싶은
목표나 경험은 무엇인가요?

(최대한 자세하게, 구체적으로 적어보세요)

Q. 앞으로 1년 안에 스스로에게 선물하고 싶은
가장 의미 있는 경험은 무엇인가요?

큰 소리에 놀라지 않는 사자처럼,
그물에 걸리지 않는 바람처럼.
흙탕물에 더럽혀지지 않는 연꽃처럼,

무쏘의 뿔처럼 혼자서 가라.

· 숫타니파타 ·

경험주의자 세상과 나를 새롭게 바라보다

초판 1쇄 발행 2025년 1월 23일

지은이 윤슬
펴낸이 김수영

경영지원 최이정 · 박성주   마케팅 박지윤 · 여원   브랜딩 박선영 · 장윤희
교정.교열 김민지   편집 디자인 서민지 · 김은정

펴낸곳 담다
출판등록 제25100-2018-2호 (2018년 1월 9일)
주소 대구광역시 달서구 문화회관길 165, 대구출판산업지원센터 402호
전화 070.7520.2645   이메일 damdanuri@naver.com
인스타 @damda_book   블로그 blog.naver.com/damdanuri

ISBN 979-11-89784-51-5 (03810)

도서출판담다

도서출판 담다는 생각과 마음을 담은 원고를 기다리고 있습니다.
작가의 꿈을 이루고 싶은 분은 이메일 damdanuri@naver.com으로
출간기획서와 원고를 보내 주세요.